AF454205

Imp A Salmon

Jacques del et aqua?.   Lemercier imp

Imp. A. Salmon

F. Buhot inv. et aquaf.   Lemerre éd.

Imp. A. Salmon.

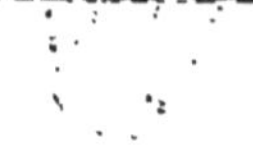
Lemerre éd.

F. Buhot inv et aquaf.
Lemerre ed
imp A. Salmon

F. Buhot inv. et aquaf. Lemeire éd

Imp A. Salmon

Lemerre éd
Imp A Salmon